Beatrice Alemagna

COSAS QUE VIENEN Y VAN

Traducción de Roberto Bravo de la Varga

COMBEL

En la vida
hay muchas cosas que vienen y van,
se transforman,

quedan atrás.

El sueño termina pasando.

Una pequeña herida desaparece (casi)

sin dejar huella.

La música se desvanece,

igual que las pompas de jabón.

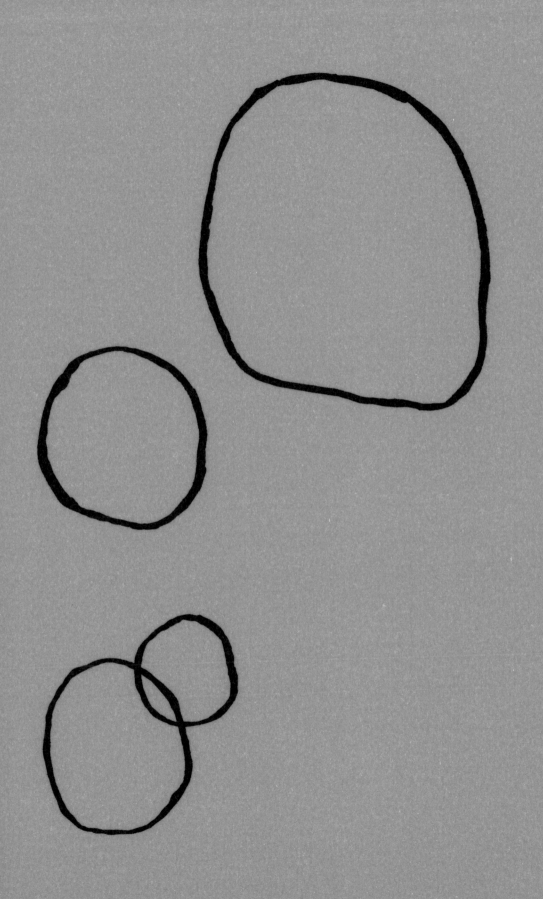

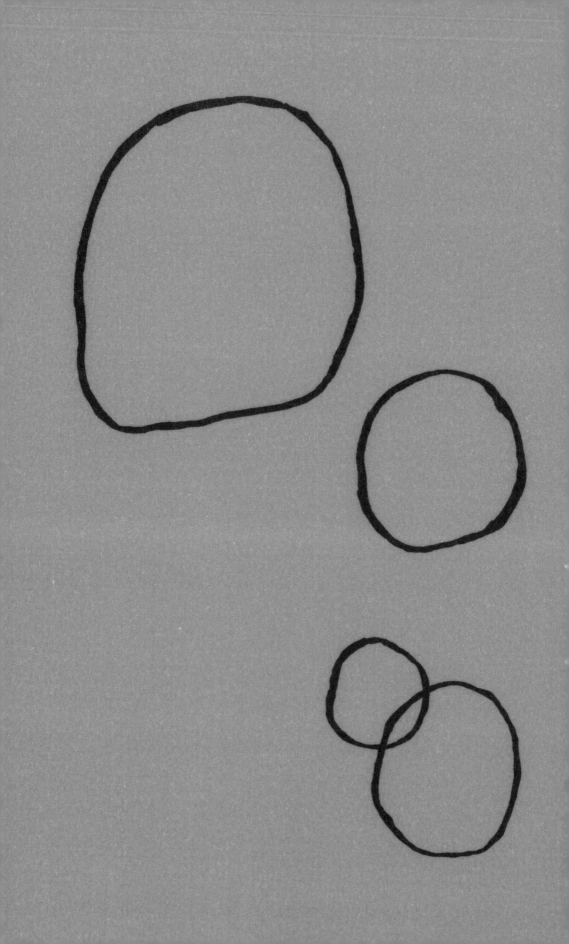

Incluso los piojos

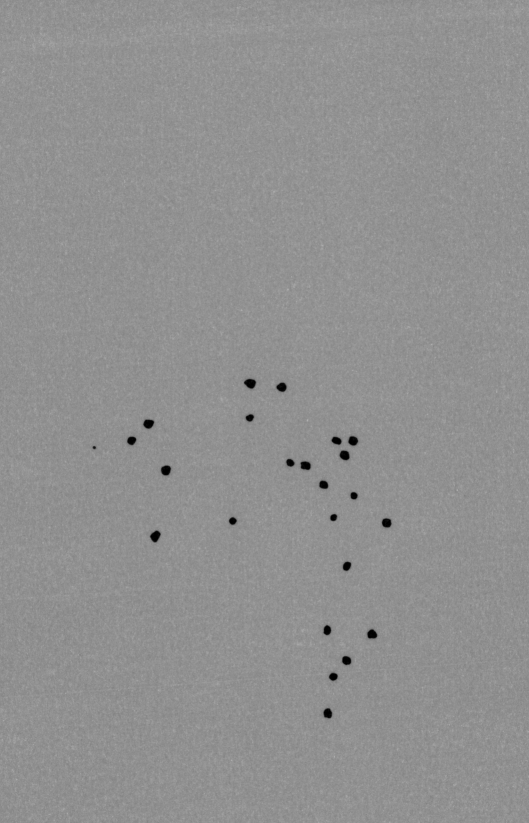

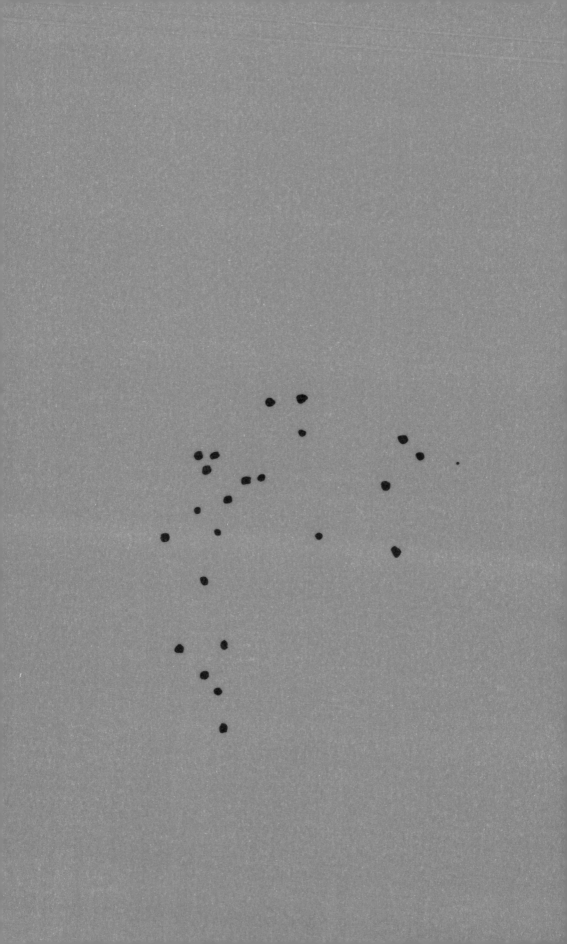

se marchan (¡por fortuna!).

Los pensamientos más oscuros se disipan.

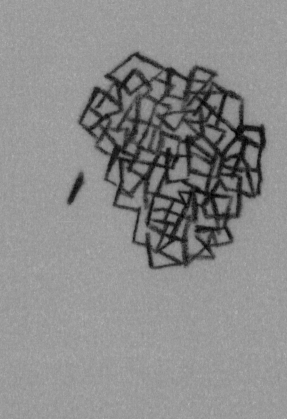

Las lágrimas se secan.

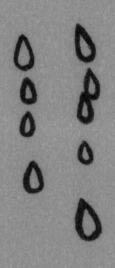

El humo de una taza se evapora.

Las nubes de tormenta descargan y se alejan.

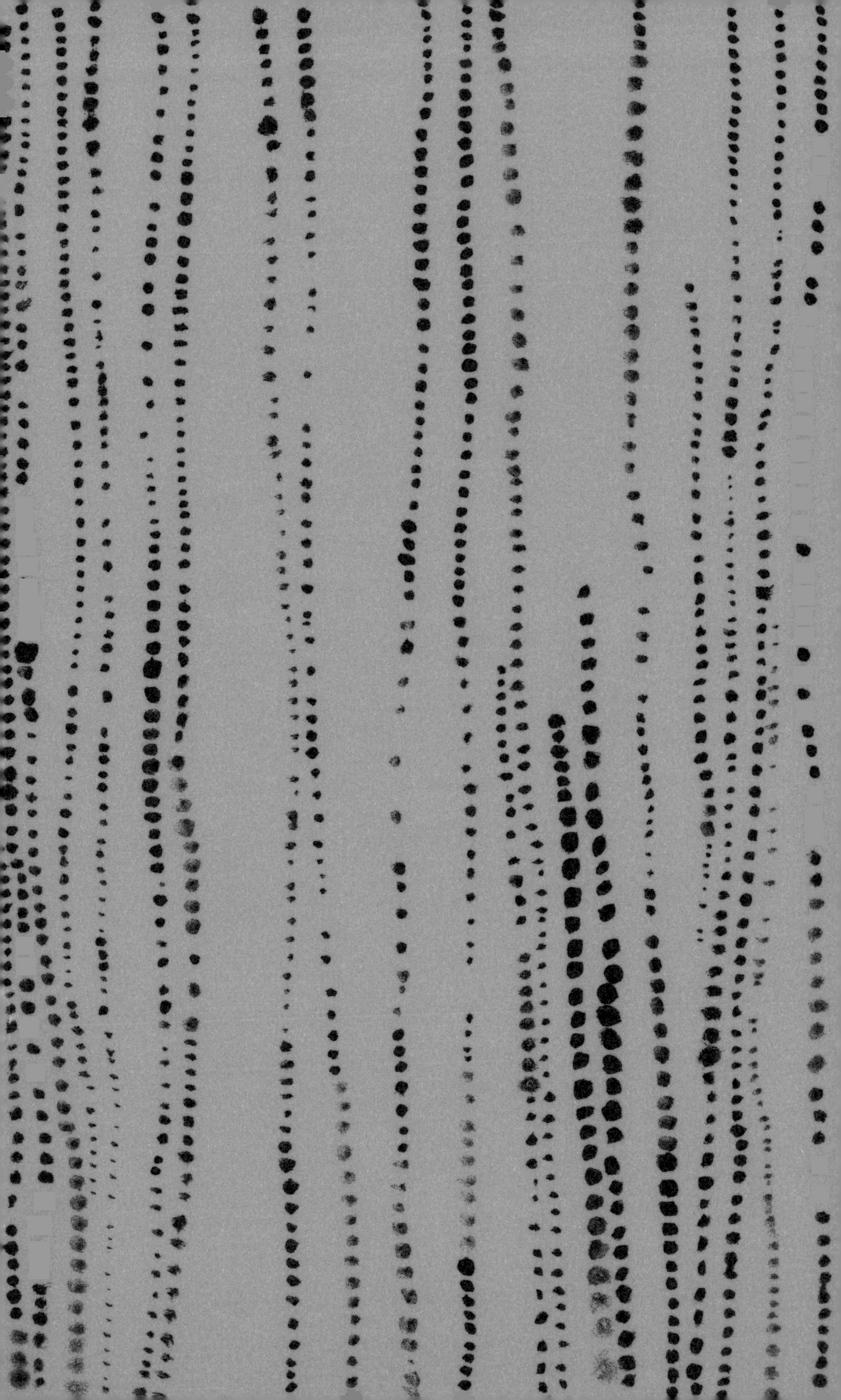

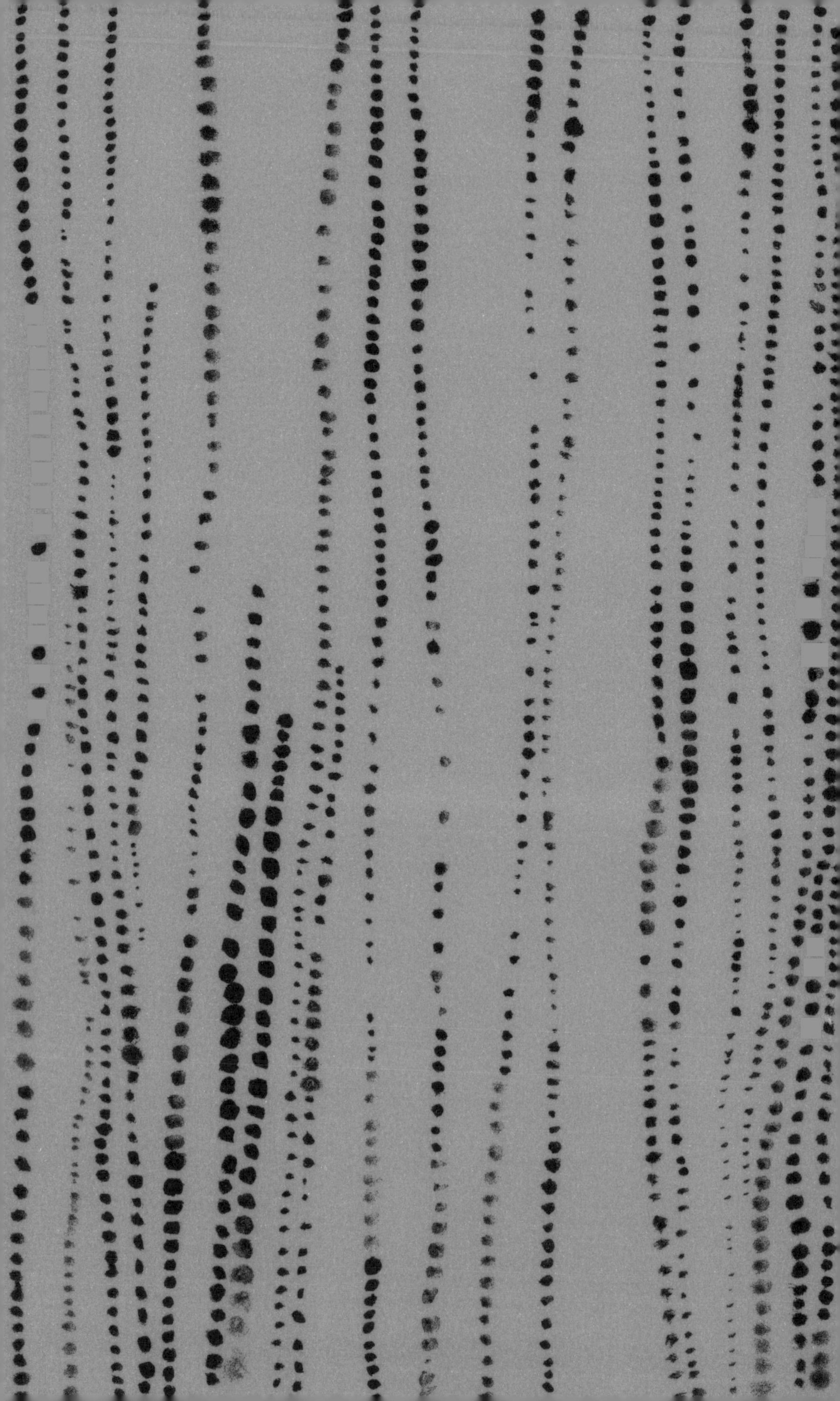

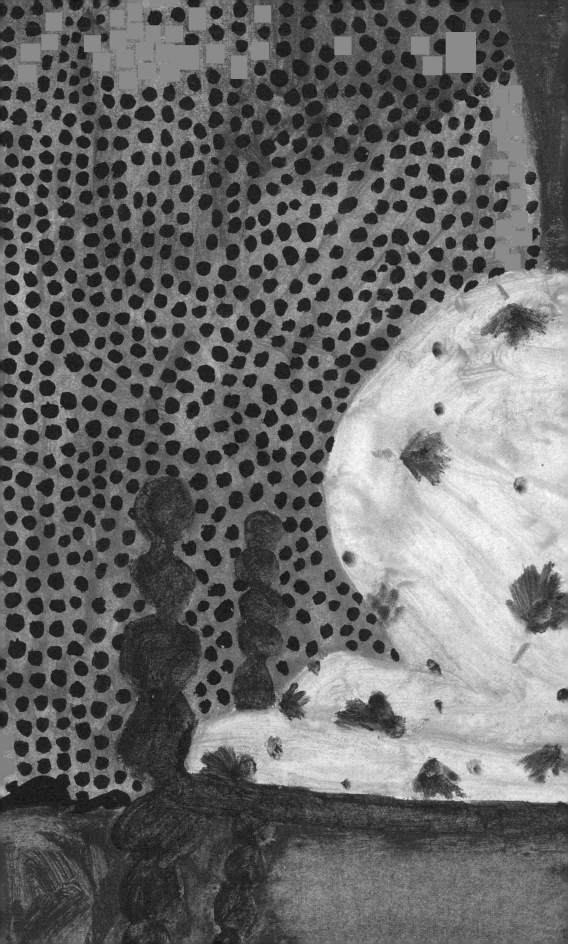

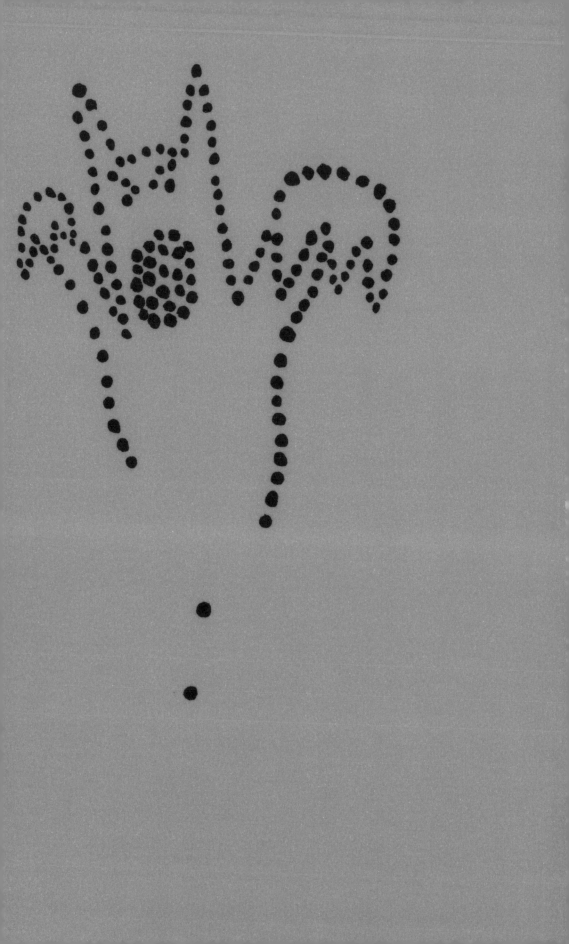

El miedo se supera.

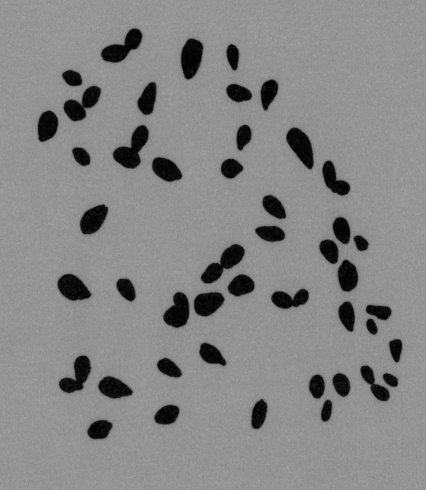

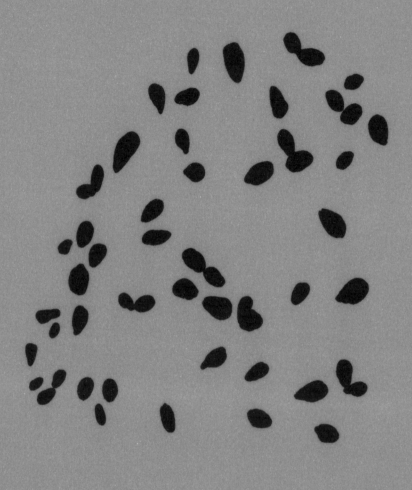

Las hojas se caen,

como ocurre con el pelo
de algunas personas

o con los dientes de leche.

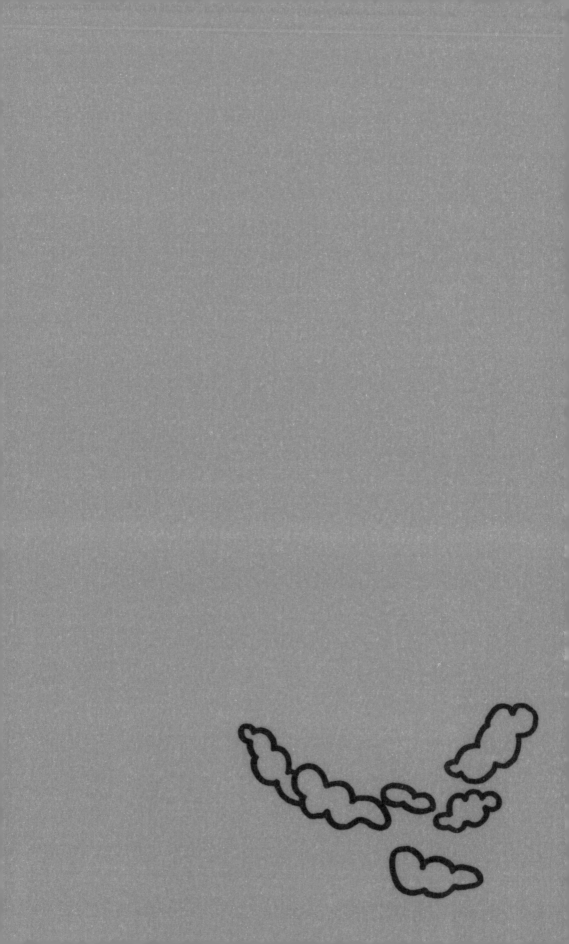

El polvo se dispersa,
pero vuelve a acumularse.

Al final, todo pasa, se pierde o cambia.

Solo hay una cosa que nunca pasa,

que no pasará jamás.

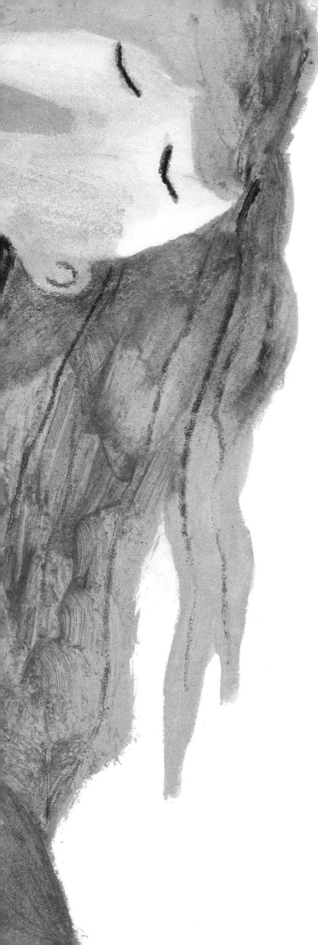

Nunca jamás.

Combel Editorial es un sello de Editorial Casals, SA
Título original: *Les choses qui s'en vont*
Primera edición en Francia por hélium, Paris.
© hélium / Actes Sud, 2019
Publicado por acuerdo con Isabelle Torrubia Agencia Literaria
Texto e ilustraciones de Beatrice Alemagna
© 2019, Roberto Bravo de la Varga por la traducción
© 2019, de esta edición, Editorial Casals, SA
Casp, 79 – 08013 Barcelona
combeleditorial.com
Primera edición: septiembre de 2019
ISBN: 978-84-9101-582-6
Depósito legal: B-16741-2019
Impreso en Bélgica por Graphius